ことのはあそび

おみG

もくじ

ことのは　あそび

みんなで　あそぼう
ことのは　あそび

げんきに　まなぼう
ことばの　ならび

あれこれ　さがそう
ことのは　えらび

みんなを　つなごう
ひとのわ　むすび

よくあそび　あそびば　ビバ！
よくまなび　まなびば　ビバ！
よくえらび　えらびば　ビバ！
えんむすび　むすびば　ビバ！

みんなで　あそぼう
ことのは　あそビバ！

あれこれ　さがそう
ことのは　えらビバ！

このて

いって　にて
このて　まごのて
ひまごのて
ちちとははのて
そふぼのて
てにてをとって
いきてみて

いきてみて
このて　ねこのて
こねこのて
とらのて　くまで
イヨマンテ

つめたてられて
いてててのて

いてててのて
このて　みこのて
ひみこのて
あのて　このてで
てあてして
てんてるおおかみ
てんてこまい

おにぎり

おにぎり
おにぎり
うれしいな

おにいがにぎれば
おにいぎり
りきしがにぎれば
おおにぎり

おにぎり
おにぎり
おいしいな

きつねがにぎれば
おいなりさん
みんなでにぎれば
おおにぎわい

ほしいな
ほしいな
もうひとつ

三方よし

なかよし
こよし
おひとよし

ひよし
みずよし
くうきよし

あじよし
みめよし
かおりよし

うんよし
えんよし
いさぎよし

じぶんよし
あいてよし
せけんもよし

いちよし
によし
さんぽうよし

アハハ

アハハのなかに　ははがいて
ははがアハハと　わらってる

かんじの海にも　母がいて
うみのふかさが　あいのいろ

あいはそこにも　あそこにも
あなたのそばで　わらってる

あくいのじから　あをぬけば
くいがのこって　おおまぬけ

あくいのなかの　苦をぬけば
じぶんをいやす　あいになる
あいをかんじて　てをかせば
あいてをいかす　あいになる

ののはな

のっぱらに
のげし　ののはな
のんびりと
のんきに　のばなし
のほほんとさく

三宝寺池のとりたち

さんぽうじいけの
とりたちが
こえとりどりに　ないている

ツッピ・ツッピと　シジュウカラ
キュリリ・キュリリと　カイツブリ
ヒーヨ・ヒーヨと　ヒヨドリも
だれになにを　いいたいの？

オナガが　ギューイ
コガモが　ピリッ・ピリッ
ホシハジ　アーッ・ホーン
なかまにびせいを　きかせたい？

マガモ　ゲェ・ゲェ
バンは　キュル・クルルル
カワセミ　ピッチ・ツゥビー
こいするきもち　つたえたい？

いろとりどりの
とりたちが
ここにいるよと　ないている

三宝寺池　練馬区にある
都立石神井公園の池

はながさく

サクラにも
なもないくさにも
はながさく

わかぎにも
おいたきぎにも
はながさく

ヒマワリも
かんつばきにも
はながさく

はなをみて
わがこころにも
はながさく

はながさき
のにもひとにも
はるがくる

はなたれじいさん

すぎかふん
まちにはなたれ
おやもこも
まごも　そふぼも
はな　たれる

きらわれっこ
よにはばかる
はなたれっこ
よにはびこる

はなたれじいさん
ひきこもる
はなさかじいさん
うなだれる

ひさんなきせつ

すぎかふん
おばながはじけ
ひさんする
おはながたれて
ひさんなきせつ

ダンデライオン

タンポポは
にほんげんさん
ぜんこくで
はるにみられる
きいろい　のばな

はなことば
まごころのあい
みちばたで
いちねんとおし
はなをさかせる

えいごでは
ダンデライオン
そのいみは
ダンディーでなく
ライオンのは

タンポポに
がいらいしゅあり
せいようで
さいばいされた
やさいのいっしゅ

タンポポの
べつめい　ぐじな
つつみぐさ
つつみのおとが
タンポンポンとな

タンポポは
はるのおとずれ
つげてさく
こころがなごむ
ふるさとのはな

タンポポの
はながおわりて
ころもがえ
わたぼうしへと
フワリ　へんしん

わたぼうし
はるかぜにのり
とびたちて
あらたなとちで
いのちをつなぐ

ひかりの子
～日菜子さんに～

日をあびて
の**の菜**のはなは
ひかりの**子**
キラキラ　きいろ
さいてかがやく

おそらのかなた

おそらの　かなた
かがやく　あなた
あらたな　ソナタ
とどろく　ちまた

さなだの　たなだ
そなたの　いなた
ひろくて　ひなた
ねがいが　かなった

かいかい

さくらが　まんかい
わいわい　えんかい
テントが　ほうかい
　きき　かいかい
おどろく　てんかい
ほんとに　やっかい
いつもの　べんかい
　や　めんかい
うでたて　せんかい
めいよを　ばんかい

こころも　そうかい
ほな　さんかい

チュー・リップ

はるがきた
さいた　さいたよ
チュー・リップ
ちょくやくすれば
くちびるにキス

おちょやん

おちょやん
ちょこまか
おっちょこちょい
コップじゃないよ
おちょこもってこい

おちょやん
ちょこまか
ちょこざいな
せんべじゃないよ
チョコもってこい

オケラケラ

よくもなく
ケセラセラだね
かねもなく
オケラケラだよ
ふくもなく
キノミキノまま

なにもなし
スッカラカンさ
これからは
ネサラゲサラで
うれいなし
カムイ　カムカム

ずずいとわたる

あせらず
あわてず
あきらめず

いからず
いきまず
いらつかず

うらまず
うかれず
うらぎらず

えばらず
えらばず
えらぶらず

おしまず
おくさず
おもねらず

さんずの
かわを
ずずいとわたる

恋と愛

こいは　すっぱい
あいは　あまい

こいは　きまぐれ
あいは　まごころ

こいは　のめりこむ
あいは　つつみこむ

こいは　うたかた
あいは　えいえん

こいは　うわのそら
あいは　あかねぞら

こいは　ながれぼし
あいは　あまのがわ

こいは　あさもや
あいは　ひかり

でもねえ
こいは　いずれ
あいになる？

みみをすまして

はらをかかえて　わらう
かたをふるわせて　なく
かおをまっかにして　おこる

うでをふるって　つくる
ゆびをくわえて　がまんする
ほおづえをついて　かんがえる

くびをながくして　まつ
ひざをかかえて　ふさぎこむ
あしをふみつけて　くやしがる

めをこらして　みる
みみをすまして　きく
はなをならして　あまえる

はをむいて　いかくする
したをまいて　たいさんする
くちをとんがらせて　うったえる

しりをまくって　にげる
あたまをかかえて　なやむ
りょうてをあげて　こうさんする

だれもがみんな
からだをつかって
きもちをひょうげんする

からだに聴く

きくクスリもあれば
きかないクスリもある

クスリが
きくこともあれば
きかないこともある

クスリが
きくひともいれば
きかないひともいる

クスリが
いるひともいれば
いらないひともいる

クスリが
きくか　きかないか
からだに聴いてみよう

めにさくら

めにさくら
みみにうぐいす
はなみずき

目には青葉
山ほととぎす
初鰹（山口素堂）の
ことばあそび

やみをみせ

やみをみせ
ひかりをみせて
めぐるつき

うらを見せ
おもてを見せて
散るもみぢ（良寛）の
　ことばあそび

和歌を詠む

あかいべべきて　わかをよむ
かかにいわれて　わかをよむ
さかをころげて　わかをよむ
たかまがはらで　わかをよむ
なかみなくとも　わかをよむ
はかなくなって　わかをよむ
まかふしぎでも　わかをよむ
やかんかたてに　わかをよむ
らっかしながら　わかをよむ
わからなくとも　わかをよむ

いちぬけた

いちぬけた
にげろやにげろ
つつぬけだ
だいじなひみつ
まがぬけた
さんしがなくて
こしぬけた
むりにむりして
なわぬけた
くなんきりぬけ
あかぬけた
とわのよろこび
そこぬけだ

オーマイゴッド

おいるほど
おはながたれる
おきなかな

おいたなら
おねぼうになる
おきなはれ

おいたらば
おおわらいする
おおらかさ

実るほど
頭を垂れる
稲穂かな（詠み人知らず）の
ことばあそび

おいてなお
おおぐちたたく
おおまぬけ

おいたして
おしおきされる
オーマイゴッド

おいぼれて
おせわになります
おまかせです

おいたいま
おうじょうまぢか
オーヴォワール

わせだ

わせだ
わせだ
かおあわせだ

まちあわせだ
はちあわせだ
めぐりあわせだ

わせだ
わせだ
おてあわせだ

おとあわせだ
ごろあわせだ
こたえあわせだ

わせだ
わせだ
くみあわせだ

もりあわせだ
つけあわせだ
むかいあわせだ

わせだ
わせだ
しあわせだ

ばんくるわせだ
バンカラ　わせだ
われらが　わせだ

ブルぶるバブル

トラブル
ギャンブル
ねこかぶる
かぶしきバブル
きぶんたかぶる

バイブル
ノーブル
ちはやぶる
ゴッドブレスユー
アンビリーバブル

あらぶる
ブルドッグ
ブルドーザー
おまえもブルか
ブルータス

「スクランブルの
オードブルを
ダブルで」と
テーブルで
ちょっとおとなぶる

「ほしはハッブル
むしはファーブル
としはイスタンブール」
としったかぶる
むしゃぶるい
　ブルブル

いっぱいでもジュース

いっぽんでも　にんじん
いっぴきでも　さんま
いっこでも　しいたけ
いっとうでも　ごりら
いちパックでも　おむつ
いちわでも　しちめんちょう
いっけんでも　やおや
ひとたばでも　きゅうり
いっぱいでも　ジュース

いっちょうでも　とうふ
いっかいでも　ひゃっくり
いちまいでも　せんべえ
ひとつでも　まんじゅう
ひとかんでも　まんたん
ひとやまでも　おくら
ひとりでも　おくさん
いっさつでも　ちょうめん
いちめいでも　ちょうじん

りりりの一日

すっきり　めざめ
ゆったり　でかけ

みっちり　しごと
びっしり　かいぎ

うっかり　ミスを
しっかり　カバー

ばったり　であい
じっくり　はなす

とっぷり　ひぐれ
きっかり　おうち

さっぱり　シャワー
たっぷり　ごはん

ゆっくり　やすみ
ぐっすり　ねむる

あしたはしんぽ

いちにち　いっぽ
えんぴつ　いっぽん
みっかで　さんぽ
のはらを　さんぽ

とおかで　じゅっぽ
きかんしゃ　シユッポ
どくりつ　どっぽ
くにきだ　どっぽ

ひゃくにち　ひゃっぽ
ぼうしは　シャッポ
せんにち　せんぽ
いくさは　せんぽう

まんにち　まんぽ
おどりは　マンボ
まいにち　しんぼう
あしたは　しんぽ

ひとことでドン！

アイ～ンは　しむらけん
カトチャンペッは　かとちゃん
ダメダコリャは　ちょーさん

ガチョ～ンは　たにけい
ズビズバーは　ひだりぼくぜん
コマネチッは　きたのたけし

カイーノは　はざまかんぺい
ナハッナハッは　せんだみつお
オッパッピーは　こじまのぶお
いっぱつで　アハハッ！

ビックリポンは　いまいあさ
アッチョンプリケは　ピノコ
テクマクマヤコンは　ひみつのアッコちゃん

オッペケペーは　かわかみおとじろう
チーチーパッパは　すずめのがっこのせんせ
アッパッパは　きょうこまのいしだせんせ

ガオーッは　てつじん28ごう
シュワッチは　ウルトラマン
バイバイキーンは　バイキンマン
ひとことで　ドン！

おならプー

おっと　ドサクサ　おならプー
でたの　ツイツイ　おならプー
おしり　フリフリ　おならプー

あたま　クラクラ　おならプー
むねが　ドキドキ　おならプー
おなか　パンパン　おならブー

おめめ　キラキラ　おならプー
おくち　パクパク　おならプー
おみみ　ピクピク　おならプスッ

くびが　ポキポキ　おならプー
うでを　グルグル　おならプー
あしが　ガクガク　おならプッ

クマの　プーさん　おならプー
そこの　プールで　おならプー
ちちん　プイプイ　おならプー

はなくそをわらう

めくそ
はなくそを　わらう
めきき
うできを　しかる

めがみ
おかみを　はげます
めだか
はげたかを　おそれる

めつけ
こじつけを　きらう

めした
そのしたを　このむ

メンマ
ジレンマに　なやむ
めじり
ちょうじりを　あわせる

めつき
おちつきを　とりもどす
めくそ
はなくそと　なかなおり

めくそ
みみくそを　わらう　つづく・・・

797　4064
～かず×ことばあそび～

797　なくな
4064　よわむし
0144　おひとよし

7867　なやむな
2374　つみなし
9674　くろうなし

2943　にくしみ
794　なくし
91874　くいはなし

4704　よなおし
440　しよ～
36942　みろくよに

8349　やさしく
370　みなを
12946　いつくしむ

411　よいひと
8739　はなさく
10219　てんにいく
5！　ゴー

アイアムアイ

I AM AI
IAMAI
PALINDROME
I AM AI?
NO I AM NOT
I AM NOT AI
AI MEANS 愛
LOVE IN
　JAPANESE

アイ　アム　アイ
アイエイエムエイアイ
パリンドローム（回文）
アイ　アム　エイアイ？
ノー！　アイ　アム　ノット
アイアムノット　エイアイ
アイ　ミーンズ　あい
ラブ　イン　ジャパニーズ
（日本語でラブ）

I AM AI IS　アイ アム アイ イズ
I AM LOVE　アイ アム ラブ

89401

87391 0　はなさくと
9483 89401　くしゃみ ハクショイ
4989　しくはっく
7974 104　なくなよ てんし
2967870　にくむな はなを

ノーレインボウ

ノーレイン・ノーレインボウ
ノーアメ・ノーアメンボウ
ノーウィンド・ノーウィンドウ

ノーサン・ノーサンデー
ノーカフン・ノーカフンショウ
ノークライ・ノークライム

ノープリン・ノープリンセス
ノーウミ・ノーウミンチュ
ノーウーマン・ノーヒューマン
ノーアイ・ノーアイ

雨なくして虹なし
雨なくしてアメンボなし
風なくして窓なし

太陽なくして日曜日なし
花粉なくして花粉症なし
悲嘆なくして罪なし

プリンがないと姫が泣く
海なくして海人なし
女性なくして人類なし
愛なくして我なし

3310

3310
8842134
7293310
8739201
5560909

さんさんと
はやしにひざし
なつくさと
はなさくにおい
こころわくわく

ハッピークリスマス

メリー　　クリスマス！

ツリーを　　かざりマス
かねのねに　　みみすマス
トナカイが　　はしりマス
サンタに　　なりすマス

プレゼント　　おくりマス
きかんしゃ　　トーマス
えがおが　　こぼれマス
しあわせ　　あふれマス

ハッピー　　クリスマス！

あそびをおえて

コロナ騒動がつづく二〇二〇年の師走、クリスマスを前に、ことばあそびうた「ハッピークリスマス」が生まれました。

明けて緊急事態宣言が再び出された二〇二一年の睦月、二番目に収録した「このて」が天から降ってきました。

その後はあとからあとから、ことのはが湧き出してきて、サクラが散るころには作品の大半ができ上がりました。

この詩集『ことのはあそび』は、ことばあそびうたを集めたものです。二〇一六年に刊行した『ことのはパフェ』に次ぐ第二歌集です。

ことばあそびうたというのは、ことばの意味や文章のロジックに囚われず、ことばを自由自在に使って創作する詩の一ジャンルです。

大むかしから歌い継がれてきた「わらべうた」や「いろはうた」などがその典型ですが、私がはまったのは一九七三年に刊行され、ベストセラーになった谷川俊太郎の『ことばあそびうた』でした。

ことばあそびうたに魅き込まれた経緯については『ことのはパフェ』のあとがきに書いたので、興味のある人は読んでみてください。

この歌集では、自由闊達・変幻自在にことばを使って、書きたいことを書きたいように書きました。子ども向けという枠のみならず、ことばあそびうたという枠組にすら囚われず、のびのびと書けた満足感があります。


子どもじゃあるまいし。なぜ、老いてなお、ことばあそびうたなんぞ書くのかって？

そりゃねえ。何たって、面白いからです。

谷川俊太郎の詩「かっぱ」や「ばか」を音読してみたらわかります。自分の潜在意識のなかの子ども心が、思わず知らずに躍り出して来るのです。

かっぱかっぱらった
かっぱらっぱかっぱらった
とってちってた

（谷川俊太郎『ことばあそびうた』より）

ことばあそびをしていると時を忘れ、子どものころに夢中になって泥だんごをつくったときのような高揚感に包まれます。

私たち大人はすべて、元子どもです。子どもを経験していない大人はひとりもいません。大人は子どものＯＢ、あるいはＯＣ（オールドチルドレン）なのです。だから、あの子ども時代に堪能した気持ちよい感覚をきっと思い出すことができます。

ことばあそびをすることは、子どもが言葉を学ぶプロセスでも、大いに役立つのではないでしょうか。

子どもたちは外遊びをすることで、体力のみならず、気力や知恵を学んでいきます。それと同じように、ことばあそびをすることで、話す力のみならず、書く力や構想する力を身につけることができると私は考えています。

大人にとっても、言葉の語感を磨き、文章のリズム（響き）やメロディー（調べ）を洗練させることで、文章力や話力のアップにつながるでしょう。

そして、私にとっては何よりも老化防止、とくに記憶力低下の防止に役立っていると自認しています。まあ、ナンセンスでイロジカルなことばあそびうたに意味を求めるのは、もとよりナンセンスですが・・・。

親子で歌集を読んで「ププッ」と小さく笑ってもらい、「自分も書いてみよう」とこそっとトライする気になってもらえたら、この上ない幸せです。

なお、私は二〇一九年霜月、六十一歳の誕生日をもって悟道に入り、雅号もじゃっくう（寂空）から、おみG（臣爺）に変えました。この歌集は、おみGの名前で世に出す初めての本になります。

末尾になりましたが、忙しいなかを作品に目を通して感想を聞かせてくれた石川奈津子さんと本波尚子さんに感謝します。また、編集を担当してくれたブイツーソリューションの檜岡芳行さんに御礼申し上げます。どうも、ありがとうございました。

最後に、二〇二一年の誕生日で卆寿を迎える母・君枝がすこやかに、天寿を全うすることを願って筆を置くことにします。

二〇二一年五月吉日　　おみG

おみＧ（臣爺）
１９５８年生まれ。東京・練馬区在住。
詩集に『ことのはパフェ』『ぎんがのしずく』『元旦詩』がある。

ことのはあそび

2021年6月20日　初版第１刷発行

著　者　おみＧ
発行者　谷村勇輔
発行所　ブイツーソリューション
〒466-0848 名古屋市昭和区長戸町4-40
TEL：052-799-7391 / FAX：052-799-7984
発売元　星雲社（共同出版社・流通責任出版社）
〒112-0005 東京都文京区水道1-3-30
TEL：03-3868-3275 / FAX：03-3868-6588
印刷所　富士リプロ

万一、落丁乱丁のある場合は送料当社負担でお取替えいたします。
ブイツーソリューション宛にお送りください。
 ISBN978-4-434-29047-3